Le pêcheur d'oiseaux

Nicole Schneegans est née à Randan (Puy-de-Dôme) en 1941. Mariée, mère de trois grands enfants, elle est rédactrice en chef de la revue *Lire au collège* et auteur de nombreux romans. Ses ouvrages sont publiés aux éditions Nathan, Flammarion, Stock, du Cerf et de l'Amitié.

Jean Claverie est né à Beaune en 1946. Formé à l'École des arts décoratifs de Genève, il partage ses activités entre l'enseignement et l'illustration de livres pour la jeunesse. Publiés chez Gallimard, Albin Michel et au Centurion, ses travaux lui ont valu plusieurs prix et récompenses, dont le prix graphique Loisirs jeunes en 1981.

ISBN 2.227.72218.5

Le pêcheur d'oiseaux

Une histoire écrite par Nicole Schneegans
illustrée par Jean Claverie

BAYARD ÉDITIONS

L'ESSO
DE SAIN
J'AIME L

Je m'envole

J'ai neuf ans, et il m'arrive d'être un type très fort. Par exemple, quand mon père me met une pièce de cinq francs dans la main en disant : « Deux paquets de gauloises sans filtre », je m'envole.

Oui, je m'envole au bureau de tabac. C'est « Chez madame Chaput », à environ cinq minutes de chez moi, du même côté de la rue.

A Saint-Benoît, où j'habite, toutes les maisons se touchent par le bout de leurs petits jardins. Mais il y a des creux entre les trottoirs, des creux d'une longueur d'un mètre ou deux, ou parfois beaucoup plus, surtout si j'exagère !

Donc je franchis la porte de chez nous, puis celle du portail de la cour, et alors je décolle. C'est facile : au bout du premier trottoir, je suis tellement lancé dans ma course que ma jambe droite se jette toute seule en avant ! Je vole au-dessus du vide et, hop ! je retombe sur mes deux pieds au bord du trottoir suivant. Et ainsi de suite jusque chez madame Chaput.

Avec la monnaie des cigarettes, j'achète un roudoudou, deux carambars et un rouleau de zan. Mais ce qui m'intéresse le plus, c'est de sauter en restant en l'air de plus en plus longtemps.

C'est devenu une vraie passion ! Je connais tous les creux de tous les trottoirs de toutes les rues de Saint-Benoît. J'aime surtout ceux qui vont de chez nous à chez madame Chaput. Là, je suis imbattable ! A chaque paquet de gauloises, j'arrive à rester en l'air un peu plus de temps. Il faut que j'avoue quelque chose : j'ai fait beaucoup de progrès parce que je m'exerce la nuit, en rêve.

Alors là, c'est une autre affaire. En une seule enjambée-volée, je traverse Saint-Benoît de chez moi jusqu'au terrain de foot. C'est fameux comme impression, on dirait une chose naturelle qu'on serait capable de

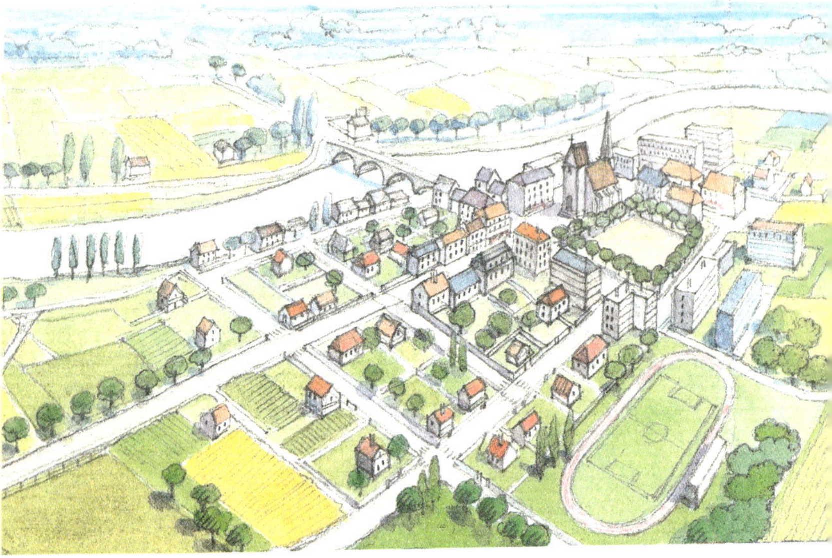

faire sans le savoir. Ma parole, quand je rêve, l'homme volant, c'est un canard boiteux à côté de moi !

Vous n'allez peut-être pas me croire, mais hier, il m'est arrivé une drôle d'aventure.

J'étais lancé si vite sur mes jambes qu'au lieu de retomber à pieds joints devant chez madame Chaput, j'ai continué en l'air ! Mes bonds devenaient tellement hauts que je sautais deux ou trois trottoirs d'un coup. Quand je retombais sur le sol, je l'effleurais à peine, et je rebondissais bien plus loin.

A ce rythme-là, voilà que je dépasse Saint-

Benoît en direction de la forêt de Bluze. Dans ce bois, les arbres sont si touffus que j'ai peur de m'égratigner aux branches en redescendant. Pas la moindre clairière en vue !

Alors, non seulement je reste en l'air, mais je monte, je monte, je n'en finis pas de monter, toujours dans le même élan. Me voici en plein ciel.

Il est temps de me poser. Voilà un petit nuage qui me paraît confortable : je me ramasse en boule avant d'arriver au-dessus, puis, doucement, je me laisse tomber.

LIRE

Je trouve un ami

Là, les choses se passent tout à fait comme dans les publicités de matelas à la télé. Je rebondis deux ou trois fois en douceur, avant de m'enfoncer au beau milieu du nuage.

Le ciel bleu tout autour ressemble à la mer. La forêt et le village en dessous seraient la côte. Je me crois sur une île de crème chantilly. Il fait chaud. Je suis sûrement en train de bronzer. En tout cas, j'avance.

Mon nuage est plus bas que beaucoup d'autres, il se déplace assez vite. D'ailleurs, pour activer le mouvement, je me suis mis à plat ventre, et je rame. Ici et là, les oiseaux de passage me regardent avec étonnement.

Le ciel n'est pas si vide qu'on le croit. C'est fou, tout ce qu'on rencontre ! En plus d'un passage d'hirondelles, d'un vol de canards sauvages, d'une tripotée de moineaux, j'aperçois une bonne demi-douzaine d'avions de toutes sortes.

Mais surtout, oh ! surtout, je fais une curieuse découverte, lors de cette envolée : je rencontre le pêcheur d'oiseaux. Je ne savais pas qu'il existait des pêcheurs

d'oiseaux ! C'est sûrement un métier en voie de disparition.

Le bonhomme me double sur un nuage un peu plus gros que le mien. Il ne me voit pas, parce qu'il surveille son hameçon. Il semble très occupé.

Pourtant, ce qu'il fait n'est pas si extraordinaire. Le pêcheur d'oiseaux est assis en tailleur. Il tient une canne à pêche au-dessus du vide. Au bout de l'hameçon se tortille une bestiole qui pourrait bien être un asticot, mais je n'en suis pas sûr. Les

oiseaux de passage tentent de l'avaler et se font prendre.

Je comprends vite le système car, au moment où nous nous croisons, mon pêcheur d'oiseaux est en train de remonter une alouette.

Je me mets à crier :

– Ça mord, aujourd'hui ?

Le pêcheur reste d'abord muet de surprise, puis lève les yeux, et il m'aperçoit. Il ramasse vivement son oiseau, lance son fil de pêche dans ma direction et accroche solidement mon nuage. Me voici ramené jusqu'à lui.

Il me dit :

– Ça alors, qu'est-ce que tu fais là ?

Je réponds bêtement :

– Je me promène, et vous ?

– Moi, je prépare mon dîner. Viens, je t'invite ! Fais attention en sautant.

Je prends un petit élan, comme entre le quatrième et le cinquième trottoir d'avant chez madame Chaput, et je rebondis tout à côté de lui.

Je pique-nique sur un nuage

C'est un drôle de petit monsieur. Il porte un grand chapeau fait avec des plumes, des habits rapiécés tout décolorés. Il n'a pas de souliers, mais, au bout de ses chaussettes, pendent deux longs fils de laine munis chacun d'un pompon.

Nous bavardons de choses et d'autres. Je lui raconte que, si je suis là, ce n'est pas exprès, et que je suis désolé de le déranger. En fait, il a l'air content d'avoir une visite, car il me répète :

– Petit, tu as le don de voler. C'est une

chose si ancienne et si rare que ça s'est perdu. Maintenant, on se casse la tête à fabriquer des avions au lieu de retrouver ce qu'on a su faire un jour.

Je ne l'écoute qu'à moitié. Car ce qui retient mon attention, ce sont les pompons de chaussettes. Je ne les quitte pas des yeux pendant que le pêcheur s'occupe du repas.

Dans sa main gauche, l'alouette se débat. Il sort un miroir de sa poche et, d'un simple coup de rayon de soleil, il tue l'oiseau proprement. C'est peut-être parce que j'avais peur

de le voir mourir que je continue de regarder les pieds du pêcheur. Il finit par s'en apercevoir.
– Mes pompons de chaussettes ? Tu voudrais savoir à quoi ils servent ? Eh bien, voilà : quand je me repose, je les laisse pendre dans le ciel. Le vent les fait tourner, et ils me chassent les mouches !
– Les mouches ? si haut ?
– Façon de parler. Ce ne sont pas les mêmes mouches qu'en bas. Mais, tu sais, l'air est plein d'un tas de petites bêtes volantes,

surtout la nuit. Et moi, si je suis ici, c'est pour ne pas être dérangé, donc je les chasse. En fin de compte, j'ai une vie rêvée !

Brusquement, j'ai une impression bizarre et je demande :

– Vous êtes là, ou vous êtes dans un rêve que je suis en train de faire ?

– Ne pense pas à ça. Tiens, regarde comme le soleil a bien grillé notre alouette. On partage !

Le rôti d'alouette est excellent, je vous jure ! Et comme j'ai un peu soif, voilà que mon pêcheur d'oiseaux me propose une grande goulée d'eau de pluie dans un crâne d'aigle.

Pour me l'offrir, il lui a suffi de presser un petit coin de nuage entre ses mains. Devant mon étonnement, il se met à rire. Puis, en regardant par derrière, il me dit :
– Si tu as vraiment soif, on pressera ton nuage à toi. Il ne sert plus à grand-chose !

Je suis pris d'une inquiétude :
– C'est que, monsieur le pêcheur d'oiseaux, quand je voudrai m'en aller, j'en aurai besoin, de mon nuage !
– T'en aller ! Vous êtes tous pareils ! Petit, tu as la chance d'avoir le don de voler. Tu as la chance de m'avoir rencontré, moi, le dernier pêcheur d'oiseaux, et tu parles déjà

de t'en aller ! Pourtant, il y a des choses fantastiques dans le ciel !
– Oui, j'ai vu : des centaines d'oiseaux, des nuages merveilleux, des avions… et je vous ai vu, vous !
– Oh, ce n'est pas tout ! Je vais te confier un secret. Je te le dis uniquement parce que tu es sympathique. Mais c'est un secret ! Es-tu un garçon de confiance ?
– Je suis bien capable de me faire couper en morceaux plutôt que de trahir un secret !
– Alors promets et crache par terre !

Je crache par-dessus le bord du nuage. Le pêcheur d'oiseaux me serre la main en me regardant droit dans les yeux.

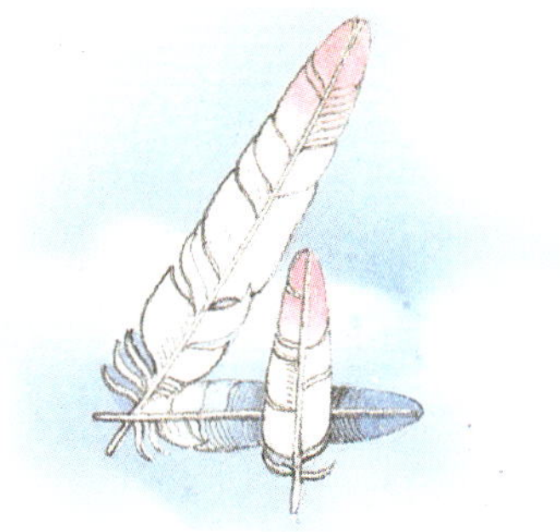

Je rencontre l'oiseau rare

Nous sommes installés confortablement dans la mousse blanche du nuage.

– Voilà, petit, tu sais que mon métier, c'est de pêcher les oiseaux, pour les manger simplement. Mais j'ai découvert un oiseau qui n'est pas comme les autres. Celui-là, je ne cherche pas à l'attraper, parce qu'il est comme moi, le dernier de son espèce.

– C'est un oiseau unique ?

– Absolument unique. Je l'appelle « l'oiseau rare ». Je crois bien qu'aucun homme de la terre ne l'a jamais vu. Mais toi, parce que tu as le don de voler, je veux bien te le montrer.

– Oh ! que ça me plairait ! On y va tout de suite ? Je vous promets que je garderai le secret.

Le pêcheur d'oiseaux se redresse alors de toute sa hauteur, et il prend un air grave :

– Je te préviens, petit, ce sera dangereux. Cet oiseau habite une zone de vent et de tempête. Tiens-toi prêt et fais tout ce que je te dis.

Nous voilà partis. Pour faciliter les mouve-

ments, je regagne d'un bond mon nuage, toujours en remorque. Je m'allonge à plat ventre et je m'efforce de ramer exactement de la même façon que mon conducteur. Nous traversons le ciel à toute vitesse. Au-dessous de moi, je vois défiler des champs, des villages, des clochers. Je suis un peu effrayé à l'idée que nous nous éloignons beaucoup de Saint-Benoît.

De temps en temps, le pêcheur se retourne

et me fait un petit signe de la main. J'essaie de lui répondre en remuant le moins possible. En effet, le temps se gâte. Tout devient gris. Le vent se met à souffler. Mon ami me crie :
– Accroche-toi ! Nous arrivons bientôt. J'amorce la descente sur la forêt. Là-bas, c'est le territoire de l'oiseau rare.

J'ai si peur que j'ai envie d'être sur mes deux pieds devant chez madame Chaput. Les remous sont terribles. Je ne sais plus si c'est nous qui descendons ou si c'est la forêt qui monte. J'ai mal au cœur. Enfin nous ralentissons.
– Nous y sommes ! me crie le pêcheur.

Nous stoppons en pleine brume.

J'entends alors un curieux chant. Mais il ne vient pas du ciel. C'est mon bonhomme qui produit cette musique avec ses mains en porte-voix.

Un chant du même genre répond au sien, tout à coup. Appuyé sur les coudes, je vois apparaître un immense oiseau de toutes les couleurs. Il brille comme le soleil au milieu

de la grisaille. C'est l'oiseau rare. Il tourne un moment autour de nous sans cesser de chanter. Le pêcheur et l'oiseau se comprennent, c'est certain.

En même temps, mon ami sort des graines de sa poche. Il les lance vers le ciel. L'oiseau les picore au vol. Il plane, tourne, revient.

Bientôt le chant du pêcheur et le chant de l'oiseau se font plus doux, plus lents, comme un chant d'adieu.

C'est alors que je me rends compte d'une chose affreuse. Au milieu de nos nuages apparaissent d'énormes trous. Je m'accroche désespérément à ce qui reste de mon nuage sous mon ventre. Le pêcheur s'affole :

– Attention, attention, petit ! Nous sommes descendus trop bas. Rame aussi fort que tu peux, ou bien nous allons nous écraser par terre !

J'ai peur !

Je m'agite dans tous les sens en essayant d'imiter les gestes du pêcheur.

Il rame avec soin. Mais en même temps, il s'est remis à chanter. Cette fois, il appelle au secours ! L'oiseau répond en revenant vers nous. De ses gigantesques ailes, il se met à battre l'air, en tournoyant autour de nos nuages. Victoire ! Nous cessons d'être aspirés vers le bas. Les remous que l'oiseau produit nous font légèrement remonter et, petit à petit, la masse de nos nuages se rassemble.

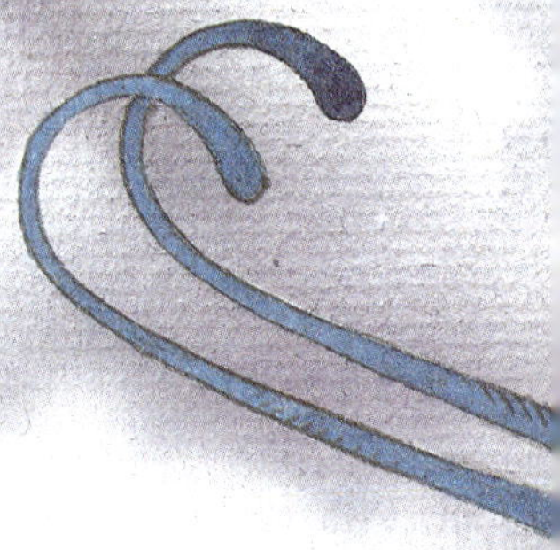

Mais nous restons
en danger, car dès
que l'oiseau s'éloigne,
tout s'effiloche à nouveau.
– Abandonne ton nuage !
me crie le pêcheur. Saute sur
le mien. Ce sera plus facile !

Entre moi et lui, il n'y a pas plus de distance qu'entre le quatrième et le cinquième trottoir, devant chez madame Chaput. Alors, je m'élance ! Mais voilà qu'à cet instant précis, une rafale fait dévier le nuage du pêcheur. Je me sens d'un coup plonger dans le vide ! Mais pas pour longtemps ! car l'oiseau m'a vu.

Alors que je croyais tout simplement mourir, je me retrouve à califourchon sur son dos, les doigts agrippés aux plumes de ses ailes.

– Sauvé ! s'exclame le pêcheur, qui reprend aussitôt sa conversation mi-sifflée mi-roucoulée avec l'oiseau.

L'oiseau tournoie autour du pêcheur. Je me demande comment je vais rejoindre mon ami, car son nuage est encore trop mou pour que l'oiseau puisse se poser dessus.

Une idée me vient.
– Monsieur le pêcheur ! je vais m'accrocher aux pompons de vos chaussettes et remonter vers vous !

Il me fait « oui » de la tête et chante à nouveau.

L'oiseau, battant lentement des ailes, passe juste au-dessous du pêcheur. Mais il ne peut pas s'arrêter. Je tends les mains. Au premier passage, je rate les pompons. Au deuxième passage, en me levant plus haut, je les attrape. C'est gagné ! Je me balance quelques instants, pendu aux

chaussettes du pêcheur. En espérant qu'elles ne vont pas quitter ses pieds !

Mais très vite, mon ami m'attrape à bras-le-corps et me tire jusqu'à lui. Je respire enfin !

Un long moment encore, l'oiseau tournoie aux alentours. Nous trouvons un courant d'air favorable, et nous reprenons une vitesse normale.

– Ouf ! me dit le pêcheur.

Cette fois, nous sommes sauvés !

Il sort de sa poche une nouvelle poignée de graines qu'il lance au loin. Cependant l'oiseau s'éloigne en chantant, de plus en plus doucement. Bientôt il disparaît dans la brume.

Le pêcheur me demande :

– Tu n'as pas eu trop peur ?
– Si, j'ai eu peur ! Mais ça valait la peine. Vous vous rendez compte : j'ai été sauvé par l'oiseau rare ! Tiens, monsieur le pêcheur d'oiseaux, pour fêter l'événement, vous voulez un caramel ? J'en ai dans ma poche !

Le pêcheur hoche la tête tristement :
– Tu sais, si je mange un caramel, j'en aurai envie d'un autre, et puis d'un autre... Je préfère ne pas en prendre, garde-les pour toi !

Moi, toutes ces émotions m'ont donné faim.

Tout en mâchonnant mon caramel, je lui pose des questions :

– Sincèrement, vous ne vous ennuyez pas en restant tout seul dans le ciel ?

– Dans le temps, j'avais une femme, avec moi, mais elle est morte. Et mes deux fils... L'un après l'autre, ils ont voulu descendre à la ville. Peu à peu, ils ont perdu le don de voler. Dis, petit, tu ne voudrais pas rester avec moi, toi ?

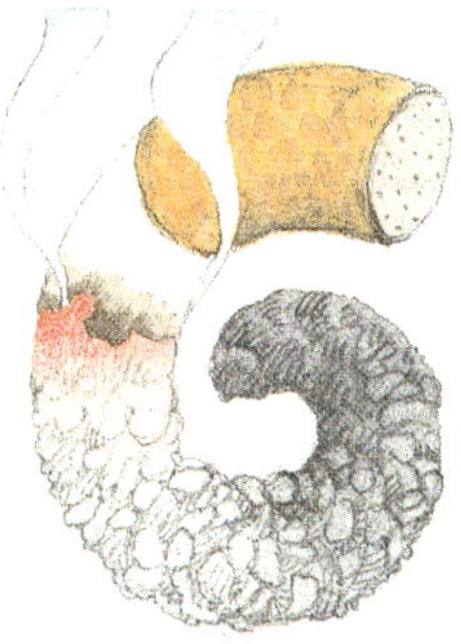

Je reviendrai !

Je me sens un peu perdu. Pas évident d'habiter dans le ciel ! Le pêcheur d'oiseaux insiste :
– Au début, je te remorquerais et je t'apprendrais le métier. On pourrait rester au-dessus de ton village pour que tu ne sois pas dépaysé. Petit à petit, tu te débrouillerais tout seul...

Comme il me fait cette proposition, nous voici à nouveau au-dessus de Saint-Benoît. Malgré la distance, j'aperçois la grande rue et la cheminée de notre maison. A cette heure, papa doit se fâcher parce que son

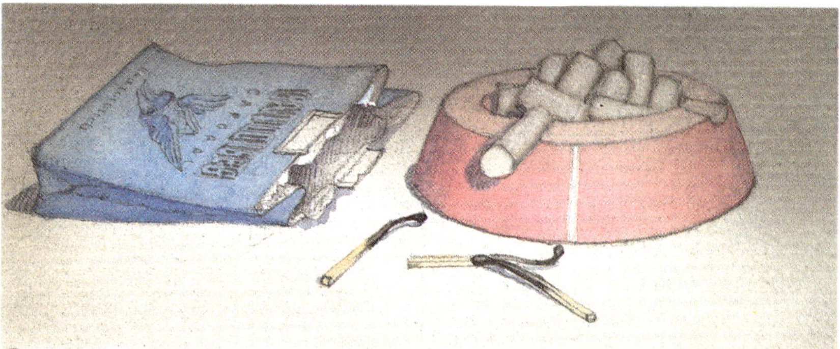

paquet de gauloises est vide et que je ne suis pas rentré.

Moi, j'ai horreur de faire de la peine aux gens, alors la situation est délicate ! J'essaie désespérément de trouver une solution, et brusquement le pêcheur d'oiseaux me dit :
– Dis donc, je prendrais bien un caramel quand même !

En même temps que je lui passe les deux caramels qui me restent, la solution surgit :
– Ecoutez, j'ai une idée ! Sincèrement, je ne peux pas rester avec vous et devenir pêcheur d'oiseaux. Parce que ce que j'aime surtout dans la vie, c'est sauter très haut, très loin, très longtemps, et retomber sur mes deux pieds devant chez madame Chaput. Et madame Chaput vend tout ce qu'on veut : des carambars, des malabars, des gâteaux secs, des roudoudous, des

chewing-gums, vraiment, elle vend de tout. Alors voilà ce que je peux faire : puisque j'ai le don, je viendrai vous voir régulièrement, et je vous apporterai tout ce que vous voudrez.

Les yeux du pêcheur d'oiseaux s'allument de plaisir !

– Tu viendras me voir ? Toutes les semaines, en sautant, en volant ? Tu viendras par tes propres moyens ?

– Promis ! Et j'aurai les poches pleines.

– Et tu me raconteras les histoires d'en bas ?
– Je vous apporterai même le journal, si vous voulez. Je ferai comme aujourd'hui : je pars devant chez moi en courant, je passe au-dessus des trottoirs, je saute le terrain de foot, je monte au-dessus de la forêt... et voilà ! Je peux venir, par exemple, tous les mercredis vers deux heures.
– Parfait, c'est épatant ! Serre-moi la main ! Je suis très ému... Et puis, il se fait tard, je vais t'aider à redescendre. Mais peut-être qu'un jour tu te décideras à rester tout à fait, et alors ce sera toi le dernier pêcheur d'oiseaux !

Là-dessus, je ne peux pas exactement vous dire comment je me suis retrouvé devant chez madame Chaput, sur mes deux pieds, et avec ma pièce de cinq francs dans la main. Les choses sont allées trop vite, un peu comme dans un rêve, en somme !

Mais en tout cas, mercredi prochain, je serai au rendez-vous.

Dans la même collection
J'aime lire

LE PROFESSEUR CERISE

Tricher n'est pas jouer !

Le professeur Cerise, original et savant, rêve de trouver un partenaire pour jouer aux cartes, aux dames et aux échecs. Mais à Loto-Ville, ces deux jeux anciens sont démodés. Tout le monde préfère les machines ultramodernes du Palais des Jeux. Alors Cerise fabrique un sympathique robot joueur, un peu tricheur, un peu voleur, un peu farceur.

Une histoire écrite par Marie-Hélène Delval et illustrée par Serge Bloch.

LA DAME ET LA MOUCHE

On arrive toujours à s'en sortir !

Bisou-Joli est douce et gentille. Mais son père, le seigneur Tapétupanpan, martyrise les animaux de la forêt. Et sa mère, la dame de Pique-et-Pique, tyrannise les servantes du château, jusqu'au jour où elle se met subitement à bourdonner comme une mouche. Tapétupanpan promet sa fille en mariage à celui qui guérira sa femme. Bisou-Joli en est certaine, seul son fidèle ami Tout-Bouclé pourrait sauver sa mère. Mais où est-il passé ?

Une histoire écrite par Lokra et illustrée par Fernando Puig Rosado.

L'ONCLE GIORGIO

Un oncle pas comme les autres

Giorgio a une étrange maladie. Les petits garçons lui donnent des boutons, les petites filles des rhumes : il est allergique aux enfants. Catastrophe ! Il doit recevoir son neveu et sa nièce pour un mois. L'oncle Giorgio est bien ennuyé. Il s'organise aussitôt pour les voir le moins possible. Ce qui n'empêche pas ses neveux de s'amuser comme des petits fous.

Une histoire écrite par Marie-Aude Murail et illustrée par Yves Besnier.

MYSTÈRE ET CHOCOLAT

Une savoureuse énigme

Que se passe-t-il donc au 59 bis, rue Léon Robinet ? Sidonie, la fille des nouveaux locataires, intriguée par les choses bizarres qui se passent dans l'immeuble, décide de mener l'enquête. Est-il vrai qu'un monstre habite au sixième ? Qui distribue cet irrésistible chocolat dont plus personne ne peut se passer ? Qui sont ces inconnus à lunettes noires qu'on croise dans l'escalier ?

Une histoire écrite par Jean Alessandrini et illustrée par Jean-Louis Besson.

Achevé d'imprimer par Ouest Impressions Oberthur - 35000 Rennes
Dépôt légal n° 10536 - Mai 1990
Imprimé en France